WAGENBACHS TASCHENBÜCHEREI

Erich Fried

100 Gedichte ohne Vaterland

Verlag Klaus Wagenbach Berlin

Dieses Buch erhielt den »Prix International des Editeurs 1977/78« und erscheint gleichzeitig in folgenden Verlagen: Anagrama (Barcelona), Christian Bourgois (Paris), John Calder (London), Dom Quijote (Lissabon), Giangiacomo Feltrinelli (Mailand) und Rob van Gennep (Amsterdam).

Wagenbachs Taschenbücherei 44

18.–23. Tausend 1980

Satz und Druck: DRUCKHAUS Neue PRESSE Coburg
Bindung: Hans Klotz, Augsburg

ISBN 3 8031 2044 6

Inhalt

P [2]

(Poesie über Poesie)

So kam ich unter die Deutschen

Unter Genossen

Küchentischgespräch

Zwischen Besteck und Geschirr
Reste von Unterhaltung
Umschreibungen Gähnen Geplänkel
geflügelte Worte

Aber sie fliegen nicht
Nichts schwingt sich auf und davon
Der Vogel hüpft fort von mir
und kauert unter dem Ausguß

Wenn ich tot wäre
wollte ich hämmern
an deine
verriegelte Welt

Wenn ich wieder
geboren wäre
dich finden
und zu dir sprechen

Aber ich lebe
und meine Worte reichen
nicht bis zu dir
und fallen unter den Tisch

Auf Glatteis

Ich habe mich um Verständlichkeit bemüht
und so zu sprechen versucht
daß das wovon ich spreche
und aus welchen Gründen
und zu welchen Zwecken ich spreche
deutlich hörbar würde
für die zu denen ich sprach

Aber was haben sie davon verstanden?

Ich erinnere mich eines Witzes
in dem ein Kind
das zu spät in die Schule kam
dem Glatteis die Schuld gab
bei jedem Schritt vorwärts sei es
zwei Schritte zurückgerutscht

So ähnlich ging es auch mir

»Wie bist du dann überhaupt hergekommen?«
fragte der Lehrer
»Ganz einfach: ich gab es auf
und versuchte nur noch
nach Hause zurück zu gehen«

So ähnlich geht es auch mir

Ich will versuchen
mich nicht mehr
um Verständlichkeit zu bemühen
nur zurück zu gehen zu mir
in ein Zuhause
von dem ich fortging
und das es nicht mehr gibt

Über den Witz vom Glatteis
habe ich damals
als Schüler gelacht

Ich weiß das noch genau

Beim Rasieren

Je schärfer die Klinge
desto jünger
mein Bild im Spiegel

Wie scharf
muß die Schneide sein
die mich wirklich jung macht?

Frau Welt

Ich bin
zur Welt
gekommen
und bin nun
endlich so weit

laut
zu fragen
wie ich
dazukomme
zu ihr zu kommen

Sie kommt
und sagt leise:
Du kommst nicht
du bist schon
im Gehen

Nostalgie

Kommt zurück ihr Falschspieler!
Ich ziehe den Hut vor euren
verwegenen Schlapphüten
Schirmmützen
struppigen Haaren
Kommt zurück
kommt her
aus euren verregneten oder
versandeten Gräbern
im wilder gewordenen Westen

Kommt zurück ihr Fallensteller der Fallensteller!
Einmal nur kommt noch
Bringt eure gezinkten Karten
das As aus dem Ärmel
die schräggestellte Roulette
eure hohlen Würfel
mit lebendigem Quecksilber drinnen –

Das Spiel geht um nichts
und um nichts hieß
als ich ein Kind war
»um die Ehre«
so wußte ich: »Ehre ist nichts«

Ihr Falschspieler habt
auf eure Ehre verzichtet
um auf nichts verzichten zu müssen
Da habt ihr richtig gespielt –
bis zum blutigen happy end eurer Filme

Einmal noch gönnt mir das alles
ihr Vorläufer!
Wie ich mich sehne
nach der Einfalt eurer Kniffe und kleinen Gewinne
nach der bekämpfbaren Täuschung von Mann zu Mann!

Windige Urgroßväter ohne Klimaanlage
ihr würdet staunen an welche Tische gebunden
wir heute zum Falschspiel gezwungen werden
und welche
schwerbewaffneten Spieler gegen uns spielen
nach Regeln die sie ändern
von Karte zu Karte

Und an der Wand steht:
»Nur wer sich wehrt ist ein Mann«
damit sie uns
rechtmäßig abknallen können

Die Flut

Ich steige die Stufen zu meiner Tür hinauf
im nassen Nebel
Wasser steigt im Kanal

Ich steige hinauf
meinen gewundenen Schulweg
im strömenden Regen
Flußabwärts schäumen die Gossen

Ich steige hinauf
auf den Waldberg nördlich der Stadt
im Wolkenbruch
Die Wogen der Ebene
reißen vom Hang den Rasen

Ich steige hinauf
in schwarzes Gipfelgebälk
Unaufhaltsam
überfällt mich
und übersteigt mich
das Meer

Ich halte mich fest
im Geäst eines treibenden Baumes
Er steigt und fällt
mit der Flut
Ein müder Vogel
Laub im Schnabel
kauert auf einem Zweig

Vogelfleisch sättigt
Die Knochen
fallen ins Meer
Blutige Ölblätter segeln
und treiben fort
Federn treiben
und Fische fliegen
Mich dürstet

Verwandlung

Aus meinen Mädchen
werden langsam in drei bis vier Wochen
oder schnell über Nacht
meine Tanten und alten Kusinen

Ich sehe sie ängstlich kauen
an ihren falschen Gebissen
und mit Gichtfingern trocknen
ihr angespucktes Gesicht

Sie kommen mit Koffern und Bündeln
in Theresienstadt an
sie fallen aus dem Fenster
und tappen dabei nach der Brille

Wenn sie sich räkeln im Bett
versuchen sie strammzustehen
um verschont zu werden
bei der Aussonderung der Kranken

Ich sehe sie bläulich verfärbt
wenn ich sie morgens küsse
je sechs gestapelt
mit Gartenschläuchen gereinigt

von Kot und erbrochenem Schleim
bereit zum Transport
aus der Gaskammer
in den Verbrennungsofen

Der Rand

Ich habe immer geglaubt
das Entsetzen hat einen Rand
an dem man stehen kann und hinunterschauen
wie es sich windet
oder Blasen schlägt
oder lächelt
oder stinkt und verfault vor unseren Augen

Einen Rand
von dem man weiß
daß er zu fürchten ist
daß man keinen Schritt weiter gehen
und sich nicht vorbeugen darf
daß man am besten ein zwei Schritte zurücktritt
denn wenn der Rand auch erhöht ist wie eine Brustwehr
an die man sich anhalten kann
dem ist nicht zu trauen
Er könnte verwittert sein
und einstürzen oder zerbröckeln

Ich habe nie geglaubt
daß es ein fester Rand ist
aber ich hielt ihn für eine Art Warnungszeichen
»Bis hierher und nicht weiter«
oder »Nicht ganz bis hierher«
und sogar in meinen Albträumen
die mir zeigten
wie gefährlich und trügerisch er sein kann
glaubte ich immer noch
das Entsetzen hat einen Rand

Ich weiß nicht warum ich das glaubte
aber es war ein Trost

Erhaltung der Materie

Jeden Morgen
werde ich einbalsamiert

Der Mund wird ausgespült
mit scharfen Essenzen

Die Träume werden vergessen
die Haare gekämmt

die Zähne geputzt
die Augen weiter geöffnet

Im Spiegel vor dem Rasieren
wird tief geatmet

Nach dem Rasieren
wird die Gesichtshaut verjüngt

mit Spiritus
und das Haar mit einem Zerstäuber

Mut wird gefaßt
etwas Warmes kommt in den Magen

Dann zerfalle ich weiter
dem nächsten Morgen entgegen

Einer ohne Schwefelhölzer

Alles
was tut
als hätte ich es verloren
sammelt sich heimlich
und ordnet sich
ganz von selbst
zu einem Haus
mit eingerichteten Zimmern

Es riecht schon nach Brot
in der Küche
Im warmen Bett schlägst du
wirklich du
nackt die Decke zurück
und streckst mir
zum Einzug
zwei lebende Arme entgegen

Ein Sammler

Meine Funde
Aber sie werden sie wieder
zerstreuen in alle vier Winde
wenn ich erst tot bin

Alte Geräte
versteinerte Pflanzen und Tiere
bunte Postkarten Bücher
zerbrochene Puppen

Auch alle Worte
die ich gefunden habe
meine unvollständigen
meine ungesättigten Worte

Woraus er gemacht ist

Mein Tod ist aus Münzen gemacht
und aus Papiergeld

Mein Tod ist aus Wegen gemacht
in die Schule und in die Arbeit

Mein Tod ist aus einer Stechuhr gemacht
und aus Pflichten

Mein Tod ist aus Zeitungen gemacht
und aus Polizisten

aus Zigaretten und Schnaps
aus Zucker und Brot und Butter

aus Liebe aus Glück und aus Unglück
aus Zorn und Geduld

Mein Tod ist aus meinen Eltern gemacht
und aus meinen Kindern

aus meinem Versagen
und aus meinen Erfolgen

aus meiner Knechtschaft
und aus meiner Freiheit

aus meiner Gesellschaft
und aus meinem Alleinsein

aus meinem Unglauben
und aus meinem Glauben

aus meiner Hoffnung
und aus meiner Enttäuschung

aus meinem Denken
und aus meinem Vergessen

Mein Tod ist aus meinem Geschlecht gemacht
und aus meinem Herzen

Mein Tod ist aus meinen Nächten gemacht
und aus meinen Tagen

Mein Tod ist aus meinem Wachen gemacht
und aus meinem Schlafen

Aus meinem Leben
und aus euerem Leben und Sterben

Beengung

Voll von Gegenständen die Welt
die gemacht ist aus Gegenständen:

Auf dem Schrank der Koffer
und über dem Koffer die Wand
und über der Wand die Zimmerdecke mit ihrem
Wasserfleck
und mit ihren Spinnenfäden
und neben dem Schrank die Bücher
und über den Büchern das Bild
und über dem Bild ein zweites Bild
und auf dem Rahmen
der Staub
und darüber die Stelle
an der zu Weihnachten noch
an einem Reißnagel
die bunte Papierkette hing

Ein rundes schwarzes Reißnagelloch in der Wand
aber zu klein um Tote zu begraben

Die Gegenstände umringen mich und werden
wirklich Gegenstände die mir entgegenstehen
von allen Seiten und die mir
nirgends mehr Zwischenraum lassen

Der Raum wird kleiner
seitdem sich die Gegenstände
zusammenzuschließen beginnen
aber der Abstand
zwischen dem Mund der das sagen will
und den Ohren die das nicht hören wollen
ist größer geworden

Vielleicht entsteht so ein Loch
anders als das in der Wand

Navigare necesse est, vivere non est necesse

Treiben
auf diesem Schiff
in die Zone der Zorne

Der Zorne wessen
und der Zorne
auf wen?

Der zu Unwesen gemachten
der zu Gespenstern gemachten
für die ich

nie genug Schalen
mit Milch
hinstellen könnte

um sie zu besänftigen
weil es
nicht Milch genug gibt

In die Zone der Zorne
vielleicht
der Zorne auf mich

weil ich treibe
auf ihrer Flut
und kaum noch versuche

dieses Schiff
dieses läutende Wrack
zu steuern

Was ist Leben?

Leben
das ist die Wärme
des Wassers in meinem Bad

Leben
das ist mein Mund
an deinem offenen Schoß

Leben
das ist der Zorn
auf das Unrecht in unseren Ländern

Die Wärme des Wassers
genügt nicht
Ich muß auch drin plätschern

Mein Mund an deinem Schoß
genügt nicht
Ich muß ihn auch küssen

Der Zorn auf das Unrecht
genügt nicht
Wir müssen es auch ergründen

und etwas
gegen es tun
Das erst ist Leben

Fast alles

Ich habe meine Lehrzeit
hinter mir
Ich lernte hören und sehen:
Fast alle Menschen taten
fast allen Menschen
fast alles

　　Und fast alle Menschen
　　denen fast alles angetan wurde
　　sagten dann
　　mit fast versagender Stimme:
　　»Der Tag wird kommen

Der Tag an dem wir fast allen
fast alles antun werden
was sie uns angetan haben«
Ich hörte sie das selbst sagen
fast wörtlich

　　Und solange das
　　fast alles ist was sie wollen
　　oder fast alles
　　was sie wissen von dem was sie wollen
　　wird dieser Tag
　　von dem sie fast alle fast träumen
　　immer wieder nur fast kommen
　　nie ganz wirklich

Wirklich
das habe ich gelernt
und möchte fast sagen
so gelernt
daß mir Hören und Sehen verging
Ich habe jetzt meine Lehrzeit
fast hinter mir

Von der inneren Freiheit

Ich bückte mich
um die glänzenden schwarzen Stiefel
unseres Herren
zu küssen
da sagte er:
Tiefer!

Als ich mich tiefer bückte
spürte ich in mir
herrlich
den Widerstand
meines Rückgrats
das wollte nicht krumm sein

Froh kroch ich weiter
dankbar unserem Herren
für dieses Erlebnis
meiner inneren
Würde
und Kraft

Meuternde französische Soldaten, 1917

Wie Vieh zur Schlachtbank
sind seit Jahren die Truppen gezogen

Doch die da blöken
Sie ziehen quer durch die Stadt

Sie marschieren
und sie blöken wie Schafe

Durch ihr Blöken hören sie auf
eine Herde Schafe zu sein

Gründe

»Weil das alles nicht hilft
Sie tun ja doch was sie wollen

Weil ich mir nicht nochmals
die Finger verbrennen will

Weil man nur lachen wird:
Auf dich haben sie gewartet

Und warum immer ich?
Keiner wird es mir danken

Weil da niemand mehr durchsieht
sondern höchstens noch mehr kaputtgeht

Weil jedes Schlechte
vielleicht auch sein Gutes hat

Weil es Sache des Standpunktes ist
und überhaupt wem soll man glauben?

Weil auch bei den andern nur
mit Wasser gekocht wird

Weil ich das lieber
Berufeneren überlasse

Weil man nie weiß
wie einem das schaden kann

Weil sich die Mühe nicht lohnt
weil sie alle das gar nicht wert sind«

Das sind Todesursachen
zu schreiben auf unsere Gräber

die nicht mehr gegraben werden
wenn das die Ursachen sind

Gezieltes Spielzeug

1
Abwurf
von Spielzeug
statt Bomben
zum Fest der Kinder

sagten die Marktforscher
das
macht zweifellos
großen Eindruck

Es hat sehr großen
Eindruck
gemacht
auf die ganze Welt

2
Hätte das Flugzeug
lieber vor vierzehn Tagen
Spielzeug heruntergeworfen
und jetzt erst die Bomben

hätten meine zwei Kinder
noch vierzehn Tage
durch eure Güte
etwas zum Spielen gehabt

Zum vietnamesischen »Fest der Kinder« warfen U.S.-Flugzeuge Spielzeug ab, auch auf Dörfer, in denen ihre Bomben noch kurz zuvor Kinder getötet hatten.

Aufzählung

Fünfhundertsiebenundsechzig alte Männer Kinder und
Frauen
erschossen in einem Dorf das My Lai heißt oder Song My

und in einem anderen Dorf »Alles was da herauslief
aus den brennenden Hütten erlegt wie beim
Wurftaubenschießen!«

und Mädchen zuerst verhaftet und vergewaltigt
von jedem der Reihe nach und dann erstochen

und elfhundert Frauen und Kinder aus einem Ort an der
Küste
auf Dschunken ins Schlepptau genommen und auf die See
gebracht
bis die Dschunken kenterten und dann die Taue
durchschnitten
und die noch schwammen mit Maschinenpistolen erledigt

und berechnet daß eine Uhr die gestohlen wurde
in einem Bordell in Saigon zehn Vietnamesen wert war

und deshalb vom Hubschrauber aus vietnamesische
Zivilisten
die einen Zaun reparierten eins zwei drei abgeknallt

und im Mekong-Delta (»weil schon lange nichts los war«)
erklärt daß die Dorfbewohner als bewegliche Zielscheiben
dienen

und aus dem Hubschrauber einen Gefangenen der nichts
sagte
hintergestürzt um zwei zum Reden zu bringen

und während der Fall My Lai schon bekannt wurde
wieder zweihundertvierzig Frauen und Kinder getötet
am 12. November 69 im Dorfe
Bin-Du-Ong. Das alles sind Einzelfälle

Zusammengestellt aus Berichten in The Times, The Guardian und The Observer, im Spätherbst 1969, nach dem Bekanntwerden des Massakers von My Lai.

Falls es vorübergeht

Die geringste
Folge des zweiten Weltkriegs
ist die Frage
wenn man einem Deutschen begegnet:

War er dabei
damals vor vielen Jahren
wen hat er umgebracht
in Auschwitz oder in Rußland?

Die geringste
Folge des Kriegs in Vietnam
wird die Frage sein wenn man
einem Amerikaner begegnet:

War er dabei
damals vor vielen Jahren
in Saigon oder in Da Nang
wen hat er umgebracht?

Höre, Israel

Als wir verfolgt wurden
war ich einer von euch
Wie kann ich das bleiben
wenn ihr Verfolger werdet?

Eure Sehnsucht war
wie die anderen Völker zu werden
die euch mordeten
Nun seid ihr geworden wie sie

Ihr habt überlebt
die zu euch grausam waren
Lebt ihre Grausamkeit
in euch jetzt weiter?

Den Geschlagenen habt ihr befohlen:
»Zieht eure Schuhe aus«
Wie den Sündenbock habt ihr sie
in die Wüste getrieben

in die große Moschee des Todes
deren Sandalen Sand sind
doch sie nahmen die Sünde nicht an
die ihr ihnen auflegen wolltet

Der Eindruck der nackten Füße
im Wüstensand
überdauert die Spur
eurer Bomben und Panzer

Aufforderung zum Vergessen

»Wenn sie doch ihre alten Ansprüche endlich vergessen wollten!«
Zionistisches Argument

Sei nicht dumm
sagt der Wind
Die Welt dreht sich weiter
Alles ändert sich
Das Gewesene muß man vergessen

Wenn du dein Feld vergessen könntest
sagt die vergiftete Ernte
und wenn du dein weißes Haus vergessen könntest
sagt der Schutt
und wenn du den großen Krug vergessen könntest
sagen die Scherben
und wenn du den Ölbaum vergessen könntest
sagt der Baumstumpf
und die Orangenbäume
sagt der verbrannte Hain

und wenn du deine zwei Schwestern vergessen könntest
sagt der Weg zu den Gräbern
und wenn du die Schreie vergessen könntest
sagen die Ohren
dann könntest du aufhören dich in Gefahr zu begeben
dann könntest du weit wegfahren
wie die Dattel im Bauch eines Schiffes
die gepflückt wurde und die frei ist von ihrem Baum
dann könntest du frei sein wie ein Sandkorn im Wind
endlich frei von der Heimat
die du verloren hast

Die Welt dreht sich weiter
Das Gewesene muß man vergessen
Sei nicht dumm
sagt der Wind
der herweht von deinen Vertreibern

Vielleicht Allende

Ich bin der Niederlagen müde
und müder noch
der Freunde die kommen nach jeder Niederlage
und beweisen: »Eigentlich war sie ein Sieg«

Dabei reden sie so
um nicht selber der Niederlagen
so müde zu werden daß sie ihnen erliegen
Doch solche Reden
führen zu solchen Siegen

Ich weiß: Noch immer hing der Sieg des Neuen
am Ende einer Kette von Niederlagen
(von denen dies eine ist) als letztes Glied
Das könnte ein Trost sein
aber die Glieder bluten

Wenn ich tot bin könnten sie sagen:
»Er hat sich selbst getötet«
fast wie man sagen könnte
wenn ich das wirklich täte:
»Die ihn getötet haben das waren sie«

Aber wenn ich auch müde bin des Erlebenmüssens
ihrer Verbrechen und des Zeitungsgeschwätzes
diese Niederlage beweise die Vergeblichkeit unserer Sache
und müde meines Zualtseins um selbst noch die Kräfte
zu sammeln zum neuen Kampf
ich bin nicht müde des Kampfes
gegen die die eines Tags sterben
an meinem Tod

Presseklub

Finde dir Freunde
die deine Meinung
teilen
Es lohnt sich

auch wenn du findest
daß sie nicht ganz
einer Meinung mit dir sind
und daß es sich lohnt

etwas
von deiner Meinung
zu opfern
dem guten Einvernehmen

Freundschaft
wird fest und verläßlich
durch solches
Entgegenkommen

Rechthaberei
ist weniger mächtig
und nützlich
als Eintracht

Hast du einmal
eine Meinung
gehabt?
Dafür hast du jetzt Einfluß

Die Wiederkunft

(Attica State Prison, New York, USA)

Neun Monate lang
bevor Staatspolizei kam und schoß
sagten Gefängnisärzte
in der Strafanstalt
Attica

zu kranken
Puertoricanern
die nur Spanisch verstanden:
»Lern erst Englisch
dann darfst du wiederkommen«

Es ist schwer
Englisch zu lernen
wenn man tot ist
Aber wiederkommen
werden sie sicher

Stalin auf der Reise nach Prag, 1977

Zum Beispiel diese Gefängnismauer:
Sieh sie
von innen an
dann weißt du sofort wem sie dient
dem Sozialismus
oder der alten Ordnung

Wenn du das nicht weißt
dann hast du
nicht Augen wie ich sie hatte
durchdringende
dann hast du kein Recht auf Augen
außer dem letzten Recht
deine eigenen Fehler zu sehen

Aber ganz gleich ob die Mauer
schon zu unserem Aufbau
oder zum Erbe gehört
und nur gerettet wurde
durch ihre Bestimmung
für unseren neuen Zweck:
sie ist nützlich
doch sie ist unvollkommen

Sie kann zerbröckeln
durch Schädlingsarbeit von innen
oder durch taktisch notwendige Amnestien
die aber dennoch
Feinde in Freiheit setzen
mindestens
bis man sie wieder festnimmt

Stärker als diese Mauer
war ihr kurzangebundener Bruder
der Genickschuß
der nach dem Geständnis kam
das immer wahr blieb
gleichviel wie es erzielt war
denn es diente wie er
der guten Sache
der Strategie der Zukunft
dem Tod für das Leben

Den Genickschuß beim Namen zu nennen
halten manche für taktisch unklug
Doch Genossen was war er?
Der Genickschuß war eine Kampfform
und zwar eine abschließende
gegen innere Feinde
und eine Waffe aus unserem Arsenal

Seit aber der Feind von ihm spricht
um durch Phrasen Verwirrung zu stiften
sind mehr und mehr Mauern nötig
zum Schutze der Massen
mindestens
bis man ihn wieder einführt

Schwächliche Übergangszeit
in der ich begraben liege
ohne Mausoleum
doch ohne Pfahl durch die Brust

Die Freiheit den Mund aufzumachen

Die Freiheit den Mund aufzumachen
besteht auch dort
wo andere schreien:
Denen wird der Mund zugemacht!

Im Gegenteil
Man muß nur eine Liste anlegen
was alles herauskommt
aus Mündern die angeblich zu sind

Erstens Schreie
zweitens am Anfang und
ganz am Ende
vielleicht sogar noch Proteste

Drittens Zähne
und viertens Blut und fünftens
Erbrochenes
und sechstens in vielen Fällen

Flüssigkeiten
die vorher eingeflößt wurden
durch Schläuche oder
durch Untertauchen des Kopfes

Man darf das nicht einseitig sehen
denn die Freiheit den Mund aufzumachen
ist gleiches Recht für alle
zum Beispiel auch für die Behörden

den verbissenen Mund
des Gefangenen aufzumachen
Was kommt dann hinein?
Viel Wasser oder viel Öl

oder Stiefelabsätze
oder Kot und blutige Lappen
oder Urin
oder Sägemehl oder Erde

und heraus kommt dabei
wenn es gut geht
das freiwillige
Geständnis

Der Mund wird manchmal verletzt
nie die Freiheit den Mund aufzumachen
sie herrscht immer noch – so oder so –
in allen unseren Ländern

In der Hauptstadt

»Wer herrscht hier?«
fragte ich
Sie sagten:
»Das Volk natürlich«

Ich sagte:
»Natürlich das Volk
aber wer
herrscht wirklich?«

Erste Hilfe

Nach dem nächsten Krieg
werden drei Pfleger kommen
und werden überall helfen
so gut es geht

Einer von ihnen
wird die Ruinen füttern
die ihm ihre hungrigen
Türme entgegenstrecken

Der zweite wird
die gesammelten Knochen pflanzen
daß sie wachsen
und wieder Fleisch ansetzen

Das kann der erste verwenden
zur Fütterung der Ruinen
denn ohne Fleisch
bleiben sie nicht romantisch

Aber der dritte Pfleger
wird aus Büschen und Gras und Papier
Nester bauen
für die Steine und ihre Kinder

Sie

Sie frißt ihre Kinder
sie trinkt das Blut ihrer Toten
sie predigt den Tauben
sie kennt keine höheren Werte

Sie vergißt ihren Weg
sie wankt von Verrat zu Verrat
von Fehler zu Fehler
sie schläft in den Niederlagen

Daß sie unnötig ist
lernt jedes Kind in der Schule
daß das Volk sie nicht will
hat das Volk sich endlich gemerkt

Daß sie nicht siegen kann
ist zehnmal genau bewiesen
Die es bewiesen haben
schlafen nicht gut

Die an sie glauben
sind manchmal müde von Zweifeln
Einige die sie hassen
wissen sie kommt

Rückblick

Ich wollte
meiner Zeit
Flamme sein
oder
Teil ihrer Flamme

Ich war
ihr Schatten
oder
ein Teil
ihres Schattens

Meine Zeit
war die Zeit
der Wut:
Schatten der Wut

Meine Zeit
war die Zeit
der Ohnmacht:
Schatten der Ohnmacht

die Zeit
der Tyrannei:
Schatten der Tyrannei

Ich wollte
meiner Zeit
Fahne sein
oder ein
Fetzen der Fahne

Fahne
der Flamme
der Wut
der Ohnmacht
der Tyrannei
oder ihr Fetzen
oder ein Teil
seines Schattens

Große Bereinigung

Die Ursachen
kämpfen jetzt
gegen ihre Folgen

daß sie keiner mehr
für die Folgen
verantwortlich machen darf

denn auch
das Verantwortlichmachen
gehört zu den Folgen

und Folgen werden verboten
und verfolgt
von den Ursachen selbst

Die wollen
von solchen Folgen
nichts wissen

Wer sieht
wie eifrig sie
hinter den Folgen her sind

und immer noch sagt
sie stehen
in enger Verbindung mit ihnen

der wird nur sich selbst
die Folgen
zuschreiben müssen

Aber die Lauen

Die da eintreten
für Kriege
ohne Greuel
für Hinrichtungen
ohne Grausamkeiten
für Verurteilungen
ohne Hinrichtung
für Strafvollzug
ohne Schläge
für Verhöre
ohne Folter
für Folter
ohne bleibende Schädigungen
für Ausbeutung
ohne unzumutbare Härten
sollen gesegnet sein
ohne Segen
oder sollen verflucht sein
ohne Fluch

Sachverständige

Es gibt Zeiten
da schelten sogar
die Opportunisten
den Opportunismus

Glaub ihnen
denn sie wissen
am besten
wovon sie sprechen

Trau ihnen nicht
denn sie schelten
den Opportunismus
aus Opportunismus

P^2
(Poesie über Poesie)

Beschreibung einer Landschaft

Farben der Kindheit
Vögel gegen die Sonne
helles Gras vor dem Wald
mein einziges Sehen und Hören

Je öfter ich euch beschreibe
je mehr ich euch suche
desto weiter und blasser
desto formloser weicht ihr zurück

Ich höre das Rauschen
meiner Worte vom Rauschen des Waldes
ich sehe das Grau und das Grün
von Gesichtern und Kleidern

Die loben mein gutes Gedächtnis
und horchen mich aus
sie essen das Licht und den Schatten
sie trinken den Wind

Einer singt

Einer singt
aus Angst
gegen Angst

Einer singt
aus Not
gegen Not

Einer singt
aus der Zeit
gegen die Zeit

Einer singt
aus dem Staub
gegen den Staub

Einer singt
von den Namen
die Namen namenlos machen

Dichterische Anspielung

Nur das Fragment
laßt ihr gelten
das Rätsel aus Splittern
die ihr uns herwerft
als Hinweis
daß etwas
zerbrochen
sein muß

Lange
bevor wir
erraten
was
und
von wem
seid ihr fort

Der Prophet

(auf KHALIL GIBRAN, THE PROPHET)

Der Prophet hat gesagt
»Erst wenn ihr vom Schweigen trinkt
werdet ihr wirklich singen
Erst wenn ihr den Gipfel erreicht habt
beginnt ihr zu steigen
Erst wenn euch die Erde umarmt
werdet ihr richtig tanzen«

Sie haben euch trinken gemacht
aus dem Fluß des Schweigens
aber ihr singt nicht
Sie haben euch gehetzt
auf den letzten Gipfel
aber ihr steigt nicht weiter
Die Erde hat eure Glieder
umarmt
aber ihr tanzt nicht

Der Prophet war ein falscher Prophet
er hat sich geirrt
oder er hat gelogen

Die unsere Toten ertränkt haben
haben sie nicht
singen gelehrt
Die unsere Toten hinabgestürzt haben
haben sie nicht
steigen gelehrt
Die unsere Toten verscharrt haben
waren nicht ihre Tanzmeister
nur ihre Mörder

Die Mörder singen noch immer
ihre wenig veränderten Worte
zur alten Weise
Die Mörder steigen noch immer
von Gipfeln
zu höheren Gipfeln
Die Mörder tanzen
über Gräbern
und Kellern

Die Mörder dulden
lächelnd das Wort des Propheten
das immer noch
alles
schön macht

Die mit der Sprache

Ich beneide die mit der großen Sprache
die reden von den Leuten
als ob es die Leute gäbe
sie reden vom Vaterland
als ob es ein Vaterland gäbe
und von Liebe und von Tapferkeit und von Feigheit
als gäbe es alle drei
Tapferkeit Feigheit Liebe
und sie reden vom Schicksal
als ob es ein Schicksal gäbe

Und ich bestaune die mit der scharfen Sprache
die reden von den Leuten
als ob es sie gar nicht gäbe
und vom Vaterland
als ob es kein Vaterland gäbe
und von Liebe und von Tapferkeit und von Feigheit
als wäre es klar
daß es das alles nicht gibt
und sie reden vom Schicksal
als ob es kein Schicksal gäbe

Und manchmal weiß ich nicht
wen ich beneide und wen ich bestaune
als gäbe es nur Staunen und keinen Neid
oder als gäbe es nur Neid und kein Staunen
als gäbe es nur Größe aber nicht Schärfe
oder als gäbe es nur Schärfe und keine Größe
und ich weiß dann nicht ob es
etwas gibt wie Reden und Wissen
oder wie Geben und mich
nur daß es so nicht geht

Fragen nach der Poesie seit Auschwitz

Ob sie aufstieg als braunes Vöglein
aus dem Rauch der Verbrennungsöfen
und dann Rast hielt auf einer der Birken
von Birkenau

ob sie näherflog
angelockt von den Schreien der Mädchen
und bei der Vergewaltigung zusah
und dann

dem Staub der Ruinenstädte
ihr Lied sang von stiller Liebe
und den Verhungernden
die Ballade vom reifenden Korn

Ob sie aufwuchs im Schatten des Geldes
und ihm ihre Stimme lieh
weil es längst schon zu groß war
um noch klimpern zu können

Ob sie die Welt durchflog
und ihren Sinn für das Schöne
von den bunten Farben
der zerrissenen Körper lernte

vom hellen Brand der Dorfhütten
oder von Spiegelungen
des wechselnden Tageslichtes
in glasigen Augen

Ob sie in einem chemisch entlaubten Baum
zuletzt ihr Nest aus verschont gebliebenen Haaren
Papierfasern Kleiderresten
und blutigen Federn baute

und nun auf Paarung wartet
auf das Sitzen auf ihren Eiern
und auf das Ausschlüpfen ihrer
immer wieder unschuldigen Jungen

das wissen nur lyrische Dichter
die unentwegten
Rufer zum Vogelschutz
in der bald wieder heilen Welt

Ein Frauenkenner

Da hat einer den Morgen genannt
»die gelbe Hure,
klein und doch erschreckend zäh«.
Nun ja
der Mann
ist ein Dichter
und denkt sich vielleicht nichts weiter
wenn er eine Frau
gebraucht
zu solchen Vergleichen

Aber ich hoffe
wenn so ein Dichter vielleicht
mal wieder einer Hure
zu nahe kommt
daß die ihm dann
einen schönen guten Morgen
wünscht
oder bereitet
der noch lange nachwirkt in ihm
klein und doch erschreckend zäh

Philomel' mit Melodey

Wer Philomeles Herz
zerspringen läßt
vor ewigem Liebesleid
der lügt
der lügt

Was heißt das süße Lied
der Nachtigall
Es heißt
Hau ab
hau ab

In diesen Bäumen
bin
nur ich
nur ich
das Männchen

Was ist uns Deutschen der Wald?

für Hans Mayer

Ein ewig grünender Vorwand
zur Definition von Geräuschen
als Rauschen oder als Stille
zum Hören des Schweigens
sowie zur geselligen Freude
an seiner zwanglos befreienden Einsamkeit

Eine Deckung für Hochgefühle
die anderwärts nicht mehr gedeckt sind
und für Vertiefung in äußerste Innerlichkeit
für stillen So-vor-sich-Hingang
im Sinne der Suche nach nichts
und des Forttragens aller Funde
womöglich samt ihren Wurzeln

Ein Anlaß sich gelassen verlassen zu fühlen
und vor lauter Bäumen die Bäume nicht mehr zu sehen
Markierungen anzubringen
und gegen wildernde Hunde
Todeswarnungen die sie nicht lesen können

Eine Gelegenheit
Weg und Holzweg in ihm zu bahnen
ihn kurz und klein zu schlagen
dies als Schicksalsschlag zu empfinden
und jeden Baum von Fall zu Fall zu bejahen
ihn äußerlich zu vernichten
und innerlich neu zu errichten

Ein Grund in ihm zu lieben und in ihm zu schießen
ihn tief ins Herz und für den Durchgang zu schließen
in ihm geborgen die ganze Welt zu verneinen
und sich in ihm oder mit ihm zu verneinen
sein Schweigen zu feiern in schallenden Chorgesängen
in ihm Fallen zu stellen und sich in ihm zu erhängen

Guter Vorsatz

Ich habe es satt
ich habe zuviel geschrieben
Ich will nur noch schreiben
was man nicht schreiben darf

Aber es ist nicht genug
wenn mir die Herrschenden sagen
man darf das nicht schreiben
denn die sagen zu oft man darf nicht

Nein ich muß auch
meine Genossen fragen
diese und jene
die miteinander gar nicht mehr sprechen

Erst wenn auch die mir sagen
man darf das nicht schreiben
kann ich beginnen zu wissen
daß ich es schreiben muß

Engagiertes Gedicht

Ich erinnere mich
an meinen Zorn
und an meine Suche
nach den richtigen Worten
für meinen Zorn
an die letzte Verbesserung vor der Reinschrift
an mein Lautlesen für mich allein
und zuletzt an meine
Zufriedenheit
die meinen Zorn aufhob

Und ich darf vergessen
wie ich vergebens tappte
nach den weißen Blättern
und Angst hatte
weil meine Finger
unbeholfener werden
und weil mir das Kohlepapier
zu Boden fiel
vor der Reinschrift
und mir schwindelte
als ich es aufhob

Fragen eines engagierten Dichters

Wie lange werdet ihr brauchen
um über das
was ich sage
nicht mehr empört zu sein?

Und werde ich dann noch da sein
um es zu sagen?
Und wird es dann noch helfen
wenn man es sagt?

Wird es dann nicht zu unverständlich sein
oder zu selbstverständlich?
Und werde ich dann nicht krächzen,
»Ich hab es schon immer gesagt«?

Die Wiedergeburt der Dichtung

O Glanz der Sklavensprache
bald kehrst du uns wieder!
Dann dürfen auch wir uns aufs neue mit gutem Gewissen
spiegeln in allen Zeiten von denen wir je genug
gelesen haben um auf den Geschmack zu kommen
und sie zu zerlassen auf dem langsamen Feuer
unseres Lebens
zu fetten Anspielungen

Dank sei den Mächtigen die uns mit kluger Staatskunst
den Weg versperren zur Dürre der einfachen Aussage
und uns bereichern
indem sie uns hinführen zur
Verbrüderung mit anderen Zeiten in denen
fast wie heute die Vorsicht der Freiheit die Hand hielt

Nun ist es nicht mehr nötig an Neues zu denken
oder etwas zu schildern genauer als leichtfällt
Nein was alle schon wissen nur anzudeuten
mit einem Anflug von Mut
bringt reichen Applaus ein
und die Mächtigen gönnen den Kleinen den kleinen Trost
und dulden fast immer
was Luft macht und sie nicht gefährdet

Unser Publikum
dem nichts mehr genügen wollte
machen sie hellhörig und wieder dankbar
denn die Sehnsucht nach Freiheit
wenn uns die Vielgeliebte
noch leichtverschleiert dahinlockt
ist schöner als die nackte
schamlose Freiheit selbst
vor der sie uns vorsorglich schützen

Am Meer

(zu Arthur Rimbauds Marine)

Sie schlagen ihn
sie schlagen ihn schnell und laut
Die Schläger der Menschen und Tiere
schlagen den Schaum

den Schaum um mit ihm
den Schaum der Wogen zu löschen
den Gischt der schwerelos
hinaufflog zum Mond
lang vor den ersten Träumen
der Astronauten

Der Wagen aus Silber und Kupfer
der Schiffsbug aus Stahl und Silber
das Überschallflugzeug
aus mathematischen Formeln
und glänzend poliertem Profit
sie alle helfen ihn schlagen

Sie helfen den Schaum schlagen
aber der Schaum ist blutig
giftige Seifenblasen
zu hohen Locken frisiert
aus dem Schmutzwasser aller Versuche
uns reinzuwaschen

Kaltes Blut
Flocken von rotem Schnee
auf den endlosen Furchen der Ebbe
auf den Pfeilern des Waldes
Auch ich habe mich schon verletzt
an der Schneide der Lichtwirbel

Ist denn noch Hoffnung
daß nicht auch ich
zu schäumen beginne
sondern noch einmal
den Schaum der Brandung sehe
den Schaum des Wasserfalls?

Ist wirklich noch Hoffnung
daß die Welt länger dauert
als diese Wunden
die ihr die Menschen schlagen?

Anpassung

Gestern fing ich an
sprechen zu lernen
Heute lerne ich schweigen
Morgen höre ich
zu lernen auf

Hölderlin an Sinclair

Was ist geblieben?
Nichts mehr und alles. Nämlich,
Was war, das ist und wird sein,
Auch gegen sich selbst.
Zuviel aber ist umsonst,
Und was mir schien,
Scheint nicht länger.

Aber des Todes ist wenig.
Denn sind auch verheert
Die Brunnen im Land
Und abgeholzt an den Straßen
Die heiligen Bäume des Seins,
Es kann doch keinem
Auferlegt werden, alles
Mitanzusehen, daß er es ewig ertrage
Ohne Empörung, selbst um der Liebe willen.
Und ist erst entzündet
Der Mut, so wächst ihm auch Mitleid
Mit denen, die,
Gescheucht in den Schutz der Schatten,
Versäumen den eigenen Zorn.

Viel kann verstört sein,
Daß der suchende Blick es
Kaum noch erkennt.
Nicht alle Vögel, die singen,
Helfen dem Himmel. Doch wo
Gesang fehlt, dort erblindet
Der arme Gefangene.
Das letzte aber ist Leben.

Tausendjähriges Reich

Vom Baum
ihrer Erkenntnisse
essen
Verfassungsschützer

Und wurzelnd in Blut
und Boden
reichlich gedüngt
mit Steuergeldern
und Untertanengesinnung

wuchert der Baum
Je mehr sie pflücken
desto mehr Erkenntnisse
trägt er

Also sind sie
wie Gott
erkennend
das Gute und Böse

Zumindest wie seine Engel
Würgengel
Schweigeengel
Schwertengel
Wachengel
Schutzengel
(Staats- und
Verfassungsschutzengel)
Überall Engel
mit schnellfeuerflammendem Schwert
die alle
Sterblichen hindern
ihr Paradies zu erobern

Für paradiesische
Ruhe
und Ordnung
sorgen sie selbst

daß Löwe und Lamm
beisammen liegen
besänftigt
vom gleichen
Todesschuß
der sich löste
in Notwehr
besonders gegen das Lamm

Zwei schreien

Der Eine wird angehört
der Andere nicht

Den Einen beschwichtigt man
man beginnt mit ihm zu diskutieren
Der Andere schreit noch immer
man geht zu ihm hin und lächelt

Man fragt durch ein Sprachrohr
»Warum reißen Sie dauernd den Mund auf?«
Er schreit: »Das hört ihr doch alle!«
Man erwidert: »Wir hören kein Wort«

Er schreit noch immer
Man bringt ihm den Einen hin
der nicht mehr schreit
nur noch den Mund auf- und zuklappt

Man ruft dem Anderen zu:
»Hören Sie: So muß man schreien!
Das hört jeder von uns!
das rüttelt uns alle auf!«

Sie führen den Einen fort
Der Andere schreit noch immer
Die Straße wird abgeriegelt
daß keiner ihn hört

Sie bringen ihm eine Zeitung
mit seinem Bild
Darunter die Zeile:
»Unser lautloser Maulaufsperrer«

Er versucht noch lauter zu schreien
er fällt um und ist tot
Der Eine wird beauftragt
die Leichenrede zu flüstern

Die Fragen und die Antworten

Wohin ist die Freiheit gegangen?
In alle vier Winde
Und die Demokratie?
Vor die Hunde und in den Knast

Wohin ist die Hoffnung gegangen?
In die Verfassung
Und die Enttäuschung?
In ihre Auslegungen

Wer hört die Gerechtigkeit an?
Wo soll sie wohnen?
Wann kommt die Freiheit zurück?
Wem wird sie geopfert?

Wohin sind die Fragen gegangen?
Zu den Scheren
Was haben sie gebracht?
Nichts als Papier

Wohin sind die Antworten gegangen?
Zu den Maschinenpistolen
Was haben sie gebracht?
Tote und Tote

Prüfung von Freunden in Friba-Frabi

In Friba wird jeder Gast
der kommt aus dem Ausland
an die Mauer von Frabi geführt
und muß dort hinüberschauen
    Dann blicken ihm die Fribaner
    tief in die Augen
    Wenn sie nicht naß sind von Tränen
    ist er nicht mehr ihr lieber Gast

In Frabi wird jeder Besucher
an Frabis Schutzwall
gegen Friba geführt
um Sorge und Abscheu zu zeigen
    Finden dann die Frabiner
    seine Augen sind trocken geblieben
    so wird er mit Schimpf und Schande
    verstoßen aus ihrem Staat

Friba und Frabi belohnen
ihrer Freunde reichliche Tränen
mit Banketten und Beifall
und sinnigen Gastgeschenken
    Wanderer kommst du nach Friba-Frabi
    vergiß nicht
    Zwiebelsaft mitzunehmen
    da weint man so schön

Zur Kenntlichkeit

Ist eine Demokratie
in der man nicht sagen darf
daß sie keine
wirkliche Demokratie ist
wirklich eine
wirkliche Demokratie?

Schwächer

Sie werden wieder stärker
Wer denn?
Sie

Wer sollen sie sein?
Sie sollen nicht sein
sie sind nur

Stärker als wer?
Als du
Vielleicht bald als viele

Was wollen sie?
Zunächst
wieder stärker werden

Warum sagst du das alles?
Weil ich es
noch sagen kann

Das kann dir doch schaden?
Gewiß
denn sie werden stärker

Woher weißt du das?
Aus deinen Worten
daß es mir schaden kann

Tiermarkt/Ankauf

Der Polizeipräsident
in Berlin sucht:
Schäferhundrüden.

Alter ein bis vier Jahre,
mit und ohne
Ahnentafel,

Voraussetzungen: einwandfreies Wesen
rücksichtslose Schärfe
ausgeprägter Verfolgungstrieb

Schußgleichgültig
und
gesund

Überprüfung
am ungeschützten Scheintäter
Hund mit Beißkorb

Gezahlt werden
bis zu
750,– DM

Angebote an:
Der Polizeipräsident
in Berlin W-F 1

1 Berlin 42
Tempelhofer Damm 1-7
Tel. 69 10 91

Apparat
27 61
Strich 64

Diese Anzeige des Polizeipräsidiums erschien im Westberliner »Tagesspiegel« am 28. Februar und 7. März 1970. 28. Februar: Reißkorb; 7. März: Beißkorb – Wortlaut nicht verändert, nur in Verse geteilt.

Die Anfrage

Mit Verleumdung und Unterdrückung
und Kommunistenverbot
und Todesschüssen in Notwehr
auf unbewaffnete Linke
gelang es den Herrschenden
eine Handvoll empörte Empörer
Ulrike Meinhof
Horst Mahler
und einige mehr
so weit zu treiben
daß sie den Sinn verloren
für das was in dieser Gesellschaft
verwirklichbar ist

Was weiter geschah
war eigentlich zu erwarten:
Wieder Menschenjagd
Wieder Todesschüsse in Notwehr
die bekannten Justizmethoden
die bekannten Zeitungsartikel
und die Urteile gegen Horst Mahler
und gegen Ulrike Meinhof

Aber Anfrage an die Justiz
betreffend die Länge der Strafen:
Wieviel Tausend Juden
muß ein Nazi ermordet haben
um heute verurteilt zu werden
zu so langer Haft?

Trauerordnung

Es ist verboten
um Personen zu trauern
die andere Ansichten hatten
als der Trauernde selbst

Erstens weil
unser menschliches Mitgefühl
ein allzu teures Gut ist
um so vergeudet zu werden

zweitens weil Trauer
um Andersdenkende
unser Gemeinwesen
unübersichtlich gemacht hat

So daß sogar strafbare Trauer
frei ausging unter dem Vorwand
der Trauernde denke ja anders
als der Betrauerte

Weil aber keiner wirklich
genau so denkt wie ein andrer
ist es am besten
nur um sich selbst zu trauern

Diese Trauer
kann desto echter und tiefer
und mit staatlicher Hilfe
auch desto trostloser sein

Keiner muß fürchten
es werde an Anlässen fehlen
wenn die Trauer nur
einem immer kleineren Kreis gilt

Im Gegenteil:
Erst wenn keiner um andere trauert
wird jeder Grund genug haben
zur Trauer um sich

Seifenblasen

Ich klammerte mich
an einen Strohhalm
und blies
Politiker
Generäle
und Polizisten

Sie schillerten
aufgeblasen
in allen Farben
aber sie platzten
sowie man sie
berührte

Ein Polizist
dem ich das sagte
ohne ihn zu berühren
berührte mich
mit seinem Schlagstock
so daß ich platzte

Die Unschuldigen im Lande

Die Ulrike Meinhof nicht den Tod gebracht haben
sind die, die Benno Ohnesorg nicht ermordet haben
und sie sind dieselben, die keine Gefangenen foltern
und nichts wissen von Günter Routhier und von
Iain MacLeod

Sie sind die, die nicht wie im Dritten Reich Roland Freisler
die Rechte der Angeklagten und Anwälte brechen
und sie sind die, die Andersdenkende nicht
verstoßen wollen von der Arbeit in ihren Berufen

Die Ulrike Meinhof nicht den Tod gebracht haben
sind die, die nicht bürokratisch und nicht erbarmungslos sind
und sie sind die, von denen der Demokratie
in der Bundesrepublik Deutschland keine Gefahr droht

In der ursprünglichen Fassung des Gedichtes, knapp nach Ulrike Meinhofs Tod, als ich noch an die Selbstmordversion glaubte, hieß es in der 1. Zeile der 1. und 3. Strophe: „,... nicht in den Tod getrieben haben." Die medizinischen Einzelheiten des Falls erschütterten dann meinen Glauben an einen Selbstmord.

Erich Fried

Verdammungsurteil

für Ulrike Meinhof

1

Sie wurde zum
politischen Wahnsinn
getrieben
von den politisch
Normalen
und deren Normen

2

Wenn sie noch schreiben könnte
sie selbst müßte ihn schreiben
den endgültigen Bericht
über ihren Tod

und die Selbstmordbeweise
sichten
und einzeln
erwägen

und sagen
wer
diesen Selbstmord
begangen hat

Winterliches Biwak

Und die lustigen Feuer
wohin sind sie alle gekommen?
Die Frager sitzen fröstelnd
zu zweit und zu dritt und
hell glänzt die Kälte

Ich schlage die Arme zusammen über der Brust
ich schlage die Brust zusammen über dem Herzen
ich schlage das Herz zusammen über der Angst
Schale um Schale um Schale
und innen
wer weiß?

Eine Zwiebel die mühsam überwintert
und die Kälte zerschneidet sie und muß weinen
Die Klugen kauen verbissen das scharfe Gericht
Und die lustigen Feuer
wohin sind sie alle gekommen?

Der Versteckte

Ich muß mich verstecken lernen
vor den Verfolgern
und ich bin dabei
in doppelter Gefahr

Vielleicht noch nicht gut genug
versteckt vor ihnen
und vielleicht schon zu gut
versteckt vor mir selbst

Lernprozeß

Ich bin nichts
ich bin der letzte Niemand
in unserer Revolution
rief begeistert
ein Künstler

Sie sprachen ihm nach
Du bist nichts
du bist der letzte Niemand
in unserer Revolution
Da war er enttäuscht

Not kennt kein Gebot

Heute haben wir leider
für Feinheiten
keine Zeit

sagte einer
den ich schon vor Jahren
als Grobian kannte

Anleitung zur Erhaltung der Schlagkraft

Viel Feind, viel Ehr!

Feinde
sind zu weit entfernt
und meistens
zu gut gesichert

Drum ernenne Freunde
zu Feinden
und schlag ihnen
die Fresse ein

Machst du sie dadurch
erfolgreich
zu Gegnern
so kannst du dich rühmen:

Ich war der erste
der aufstand
und losschlug
im Kampf gegen sie

Konflikte zwischen Alleinerben

Mein Marx wird deinem Marx
den Bart ausreißen

Mein Engels wird deinem Engels
die Zähne einschlagen

Mein Lenin wird deinem Lenin
alle Knochen zerbrechen

Unser Stalin wird eurem Stalin
den Genickschuß geben

Unser Trotzki wird eurem Trotzki
den Schädel spalten

Unser Mao wird euren Mao
im Jangtse ertränken

damit er dem Sieg
nicht mehr im Wege steht

Angst und Zweifel

Zweifle nicht
an dem
der dir sagt
er hat Angst

aber hab Angst
vor dem
der dir sagt
er kennt keinen Zweifel

Kleinbürgerliche Schwäche

Mir peinlich
mich unter Genossen
manchmal
allein zu fühlen
aber verboten
ist das natürlich
nicht

Ich kenne
zwar auch
Genossen
die das verbieten möchten
Unter denen
fühle ich mich
allein

Nach der Korrektur

für Ernst Fischer

Denk dir den Sozialismus
von allem befreit
was dich stört

Frage dich
wen er dann
erst recht stören würde

Niemand als der
ist und bleibt wirklich
dein Feind

Ertrag

Hoffnung sammeln
aus lösbaren Problemen
aus Möglichkeiten
aus allem
was etwas verspricht

Die Kräfte
sparen
für das
was wirklich
zu tun ist

So wächst
im stillen
der Vorrat
an unverbrauchter
Verzweiflung

Nebensache

Beschäftigt mit meinem Kampf
gegen den Hauptfeind
wurde ich von meinem Nebenfeind
erschossen

nicht von hinten und heimtückisch
wie seine Hauptfeinde sagen
sondern nur von der Seite
auf der er schon lange stand

und entsprechend
seiner erklärten Absicht
die ich nicht bekämpft hatte
weil er zu unwichtig war

Darum brachte mich auch mein Tod
nicht in Verwirrung
Ich widme mich weiterhin einzig
dem Kampf gegen den Hauptfeind

Praktische Arbeit

Um die
Stammler
als einer
der ihren
reden
zu lehren

lernte ich fließend stammeln

Warum
verprügeln
sie mich?

Aufklärungsarbeit

Er wollte
beweisen
daß er tun dürfe
was er tun mußte

Das gelang ihm
doch nun
war es zu spät
es zu tun

Der Reingewaschene

Ich kannte einen
dem hätte ich gerne verziehen
daß seine Hände
nicht rein waren
aber er
bestand darauf
sich öffentlich reinzuwaschen
von Kopf bis Fuß
und dann mit dem mühsam rosig
gebürsteten Finger
zu zeigen
auf andere

Da konnte ich
nichts mehr sehen
als die von lauter Waschen
rissig und spröde gewordenen
Stellen
an ihm

Die Unnahbare

für Herbert Marcuse

Er nähert sich der Freiheit
von einer Seite
die wir nicht gewohnt sind

Er nähert sich der Freiheit
auf eine Weise
die uns nicht zusagt

Er macht sich an die Freiheit
heran
Was will er von ihr

Keinen Schritt weiter
Zurück da
oder wir schießen

Wir schützen die Freiheit
vor jedem
der ihr zu nahe kommt

Die Investition

Die Spinne verstummt
der Wind singt in ihren Fäden

die fangen noch Fliegen und Bienen
für ihr Skelett

Je leichter es wird
desto schwerere Vorräte hängen

nahrhaft im Netz
das die Verhungerte spann

Konstruktive Selbstkritik

Meine Schwäche
war
mein Gefühl
der Überlegenheit

Das habe ich
überwunden
Jetzt bin ich
vollkommen

Befreiung von den großen Vorbildern

Kein Geringerer
als Leonardo da Vinci
lehrt uns
»Wer immer nur Autoritäten zitiert
macht zwar von seinem Gedächtnis Gebrauch
doch nicht
von seinem Verstand«

Prägt euch das endlich ein:
Mit Leonardo
los von den Autoritäten!

Vom Menschen ausgehende Geschichtsauffassung

Franco war ein großer Mann mit vielen Fehlern
und im Grunde doch auch ein Mensch wie jeder andere
Hitler war ein großer Mann mit vielen Fehlern
und im Grunde doch auch ein Mensch wie jeder andere
Stalin war ein großer Mann mit vielen Fehlern
und im Grunde doch auch ein Mensch wie jeder andere
Churchill war ein großer Mann mit vielen Fehlern
und im Grunde doch auch ein Mensch wie jeder andere
Napoleon war ein großer Mann mit vielen Fehlern
und im Grunde doch auch ein Mensch wie jeder andere
Torquemada war ein großer Mann mit vielen Fehlern
und im Grunde doch auch ein Mensch wie jeder andere
Luther war ein großer Mann mit vielen Fehlern
und im Grunde doch auch ein Mensch wie jeder andere
Dschinghis Khan war ein großer Mann mit vielen Fehlern
und im Grunde doch auch ein Mensch wie jeder andere
Mohammed war ein großer Mann mit vielen Fehlern
und im Grunde doch auch ein Mensch wie jeder andere
Nero war ein großer Mann mit vielen Fehlern
und im Grunde doch auch ein Mensch wie jeder andere
Caesar war ein großer Mann mit vielen Fehlern
und im Grunde doch auch ein Mensch wie jeder andere
Alexander war ein großer Mann mit vielen Fehlern
und im Grunde doch auch ein Mensch wie jeder andere
Moses war ein großer Mann mit vielen Fehlern
und im Grunde doch auch ein Mensch wie jeder andere

Wie bunt und wechselvoll sind uns
die Figuren der Weltgeschichte
wenn wir sie einfühlend sehen
vorurteilsfrei und genau

Markttag auf Kreta

Der Sklavenhändler hatte
eine Schwäche für Freiheit
im Rahmen des wirtschaftlich Denkbaren
und war fast immer

voll Wohlwollen gegen die Leute
die er in Bausch und Bogen
von seinen Seeräubern kaufte
und denen er sagte:

»Ihr und ich
wir ziehen an *einem* Strick
Ohne einander
könnten wir alle nicht leben

denn die Seeräuber hätten
euch einfach ins Meer geschmissen
wenn es nicht Männer
meines Gewerbes gäbe

Ich aber habe im Grund
wieder euch zu danken
für meinen einträglichen
gemeinnützigen Beruf

Drum helft mir und euch selbst
und sagt mir aus freien Stücken
was ihr könnt
und an wen ihr verkauft werden wollt

Jeder nach seinen Fähigkeiten!
So kriegt ihr
die besten Herren und ich
die besten Preise für euch«

Diogenes
der auf der Fahrt nach Aegina
in die Hand der Piraten gefallen war
gab zur Antwort:

»Mein Wohltäter
ich kenne kein Gewerbe
außer dem einen
über Menschen zu herrschen

Drum verkaufe mich an einen Mann
der einen Gebieter braucht
Keine Angst
So einen wirst du schon finden«

Der Sklavenhändler
ermutigt durch diese Worte
dankte Diogenes
und verkaufte ihn

an Xeniades den Korinther
der wirklich einen
Gebieter brauchte
nämlich für seine zwei Söhne

Denen brachte Diogenes bei
wie nichtig Reichtum und Rang sind
und wie gut Sklaverei sich verträgt
mit der inneren Freiheit

Klassische Entscheidungsfreiheit

Im Mittelländischen Meer
woher unsere Kultur stammt
fand freie Wahl statt
zwischen Scylla
und Charybdis

Es hieß zwar die beiden
hätten sich heimlich verbündet
doch die meisten entschieden sich
für die eine
oder die andre

Sonderbarerweise
blieb keiner von ihnen
am Leben
außer Odysseus
Der erkannte die Wahl nicht an

Carla M, geboren am 5. Mai 1818

Seit entdeckt wurde
daß Karl Marx
in Wirklichkeit eine Frau war
die aber den Ton angab
in der von ihrer Seite
durchaus befreiten Beziehung
zu Friedrich Engels
ist die Haltung der Frauenbewegung
zum Marxismus
wieder voll von Verständnis
und lebhaftem Interesse

Diese Enthüllung
über den Fall Carla Marx
kam gerade noch rechtzeitig
um die Frauen davor zu retten
sich zu verrennen
in bornierte Einseitigkeit

* * *

»Gut gegeben«
sagte der alte Genosse
»Nur die *bornierte*
Einseitigkeit« laß weg

Sonst kommen noch Frauen gelaufen
und nennen auch unsere
Parteilichkeit
einseitig oder borniert

Und ohne Parteilichkeit kein
demokratischer Zentralismus –
Aber den Frauen
hast du es schön gezeigt«

Unbekümmerte Künstlernatur

In seinen Kreisen
wird es gerne gesehen
wenn man tut
was nicht gerne gesehen wird

Er tut daher von dem
was nicht gerne gesehen wird
nur das was gerne gesehen wird
in seinen Kreisen

Päderastie als Waffe

Den Knaben die er im Kino getroffen hatte
gestand André Gide
im Bett oder am Morgen
nach einer durchliebten Nacht:

Du kannst deinen Freunden sagen
du hast mit einem berühmten Mann geschlafen
mit einem Schriftsteller
Mein Name ist François Mauriac

Verstandsaufnahme

Der Befassungsschutz
verschützt die Versitzenden
vor denen die den Verhörden
als bestockte Beschwörer verkannt sind
weil sie eine Beänderung
der Lebensverdingungen wollen
durch Bewandlung der Produktionsbehältnisse

Ein wohlverstallter Veramtenapparat
leistet Bezicht auf eigenes kritisches Denken
die Herrschenden aber halten Verratungen ab
wie sie die Verherrschten
davon abhalten können
sich verdrückt
und um ihr Leben vertrogen zu fühlen
Ein Heer von Bedummern
will sie zur Selbstverherrschung erziehen
und verarbeitet zu diesem Zweck
die Normalbebraucher
mit Verschwichtigungen
und mit Betröstungen

Aber seht die Behafteten
und ihre verwaffneten Verwacher
und was die Gerichte bezapfen
vor die man sie stellt
Seht euch diese Verweisbefahren an
die Haftverfehle
und Bestöße gegen das Grundrecht
die Bedrehungen und ausweichenden Verscheide
dann die Hauptbehandlungen
und die begnügten Verrichterstatter
und zuletzt die Beurteilten
und die vergnadigten Kronzeugen

Wieviel Bestellung
wieviel heimliches Einbenehmen
wieviel Bekommenheit angeblich beläßlicher Menschen
die verstochen sind von ihren betauschbaren Rollen
von Verförderungsbesprechungen
oder auch nur
von der Verrufung auf ihre Treue
als Diener des Staates

Seht die Bemarktung
der menschlichen Arbeitskraft
die Bezahnung der Staatsorgane
in immer neuen Verreichen
seht die Verleidigung der Würde des Menschen
und fragt euch dann ob ihr das
verjahen wollt
oder beneint

Nach einer alten Anekdote

»Wie hast du
allein
sechzig gefangengenommen?«

Da lachte er:
»Ganz einfach
Ich hab sie umzingelt«

So will auch ich
die sechzig
Lügen umzingeln

und die sechshundertsechsundsechzig
Gemeinheiten
die uns beherrschen

Wie
das weiß ich noch nicht
aber es wird am Ende

ganz einfach sein
weil es sonst gar nicht geht
und ich werde dann lachen

Fragen

Für Ivan Diviš

Wie groß ist dein Leben?
Wie tief?
Was kostet es dich?
Bis wann zahlst du?
Wieviel Türen hat es?
Wie oft
hast du ein neues begonnen?

Warst du schon einmal
gezwungen um es zu laufen?
Wenn ja
bist du rundherum gelaufen
im Kreis oder hast du
Einbuchtungen mitgelaufen?
Was dachtest du dir dabei?

Woran erkanntest du
daß du ganz herum warst?
Bist du mehrmals gelaufen?
War das dritte Mal
wie das zweite?

Würdest du lieber
die Strecke im Wagen fahren?
oder gefahren werden
in welcher Richtung?
von wem?

Steigerungen

Aus Auf wird Ab
aus Komm wird Geh
aus Ja wird Nein
aus Gut wird Schlecht
Die Nacht ist tiefer
als die Nacht
das Licht ist schwächer
als das Licht

Der Weg ist weiter
als der Weg
der Mut ist kleiner
als der Mut
Die Angst ist größer
als die Angst
der Tod ist näher
als der Tod

Vorahnung des Endsiegs

Sisyphos
staubig
und satt
vom Mehl
seines Steines
hat Angst:
Der Stein nützt sich ab

Die Sinnlosigkeit
der ewige
verfluchte
Sinn seiner Arbeit
selber
vom Fluch geschlagen

Kleiner
dem schwindenden Stein gleich
das Mitleid der Schatten
das ihm Kraft
zur Ohnmacht gegeben hat

Bald rollt nur
ein Kiesel
am geschundenen Steilhang
Was bleibt?

Nichts als die Qual
seine Qual
überlebt zu haben

Sonderbares Kind

Das Mädchen mit Locken sagte
ihr Haar seien Schlangen
zwar unsichtbar für andere
aber sie könnten
sichtbares Feuer speien
das werde alles verbrennen

Man war nicht zu Stein erstarrt
sondern man gab ihr
eine *Wahrheitsdroge*
ein Präparat das fast immer
sicherstellt daß der Patient
die Wahrheit sagt

Es heißt sie nahm nichts zurück
Die Klinik verbrannte

Die Herumgekommenen

Die Laute der fernen Küsten in ihren Ohren
sind nur Hafengeschrei
und Rasseln von Ankerketten
Schüttern von Zügen
Anfahren schwerer Loren
das Kreischen geschlagener Weiber
und das Röhren
der Schiffssirenen
zur Brunstzeit der christlichen Seefahrt

Und der Geruch fremder Länder in ihren Nasen
ist Schweiß und Staub
und halbverrauchte Gewürze
und Kinderurin in feuchten Quartieren
und Fusel
und Stadtstaub nach Sommerregen
und heiße Mauern am Abend
und Lack und Schmieröl
und billiges Hurenparfum

Und was sie für die Farben der Städte halten
die ihnen Augen machten
ist nur die blinde Farbe
ihrer Armut in allen Städten
und ihr Prahlen
mit ihren weiten Reisen
heißt nur:
Wir sind weit herumgekommen in unserem Unglück

allerdings unschwer zu beheben

Auch noch im Dunkeln unüberhörbar
Geräusche
der leeren Leere
die die volle Leere
beneidet

um ihre Fülle
von Reisen nach Süden
und nackte Frauen
gegessen als vierter Gang
nach Scampi und Käse und Eis

Das Geräusch des Hasses
mit dem die leere Leere
die Sammlung von Farbdias
der vollen Leere
benagt

Drum sind ärmere Künstler
zu beobachten
durch die Behörden
Ihr abgeschmackter Neid
ist so unangenehm

Zum Glück ist er heilbar
durch Ehrungen und durch Preise
und Wechselbäder
in gelben Mädchen
und braunen Knaben

Die Leere kann vollgestopft werden
die Leere kann ausgestopft werden
Erst mit dem Doppelkinn
werden die Stimmen
ewig und mild

Fortritt

Bei günstigem Wind
galoppiert
Paradiesgeruch
uns entgegen
Dann können wir Atem holen
schon lang vor dem Ziel

Wenn aber der Wind
im Rücken steht
weht Leichengestank uns nach
und beschlägt mit Tau oder Reif
den Scheinheiligenschein
unsrer Reiter

Neue Subjektivität

Den Gesichtskreis
verringern
um genauer zu sehen
was gefallen ist
zwischen die Wesentlichkeiten
und liegengeblieben ist
unter Flocken aus Staub

Immer schärfer
einstellen
bis auch die Schneide des Wortes
für das Blickfeld zu lang ist
und nur zwei oder drei
ihrer Scharten
ein Gebirge geworden sind
im Gegenlicht des Verzichtens
auf das letzte
noch Dinge umfassende Bild

So mit der Zeit
auf immer kleinerem Feld
immer mehr erkennen
von immer wenigerem
und am Ende
alles sehen
von nichts

Und die Achseln zucken
über die Altmodischen
die immer noch hoffen
ihr Blickfeld zu erweitern
und wenn Einzelheiten verschwimmen
doch noch in großen
Umrissen zu erkennen
mehr und mehr
bis sie nichts mehr sehen
von allem

Vorabend

Zerbrochene Kiesel der Tage
unter den Bäumen der Nacht
Aber die Tiere des Abends irren und rufen
Arme Tiere meines längerwerdenden Abends
Ich will sie streicheln
aber sie sind scheu

Tod und Leben schaukeln auf gleichen Schalen
Das Älterwerden ist ein Wind an der Waage
eine müde Fliege
die summt durch die Netze des Südens:
»Zieh deine Summe
Nutze die nutzlose Zeit

Benetze die Zunge
die dir im Mund verdorrt
Geh drei Schritt zurück
und warte auf des Züngleins Wort«
Nur die unnützen Fliegen
summen und schwirren

nur die Tiere des Abends rufen und irren
unter den Bäumen der Nacht
bei den Kieseln der Tage
auf der Waage
zwischen Leben und Tod

Sprachlos

Warum schreibst du
noch immer
Gedichte
obwohl du
mit dieser Methode
immer nur
Minderheiten erreichst

fragen mich Freunde
ungeduldig darüber
daß sie mit ihren Methoden
immer nur
Minderheiten erreichen

und ich weiß
keine Antwort
für sie

Klaus Wagenbach Nachbemerkung

Dieses Buch ist eine Auswahl aus acht Gedichtbänden und zahlreichen neuen Gedichten. Es wurde als eines von sieben Manuskripten auf der ersten Sitzung des „Internationalen Verlegerpreises“ am 1. Mai 1977 in Paris vorgelegt und einstimmig prämiiert.

Es entsprach dem Willen der Verleger, jedes Jahr gemeinsam ein Buch »abseits der internationalen Bietgefechte um Lizenzen« zu publizieren, das die Kontinuität des literarischen oder politischen Gesprächs international fördern könne. Die beteiligten Verlage haben – jeder in seinem Land – Erfahrungen, wie schwierig das heute ist. Sie wählten Erich Fried, weil sein Werk in vollkommener Weise den Absichten des Preises entspricht: die Förderung eines Œuvres, dessen literarische Qualität, Solidarität und Toleranz unbestritten, dessen internationale Anerkennung aber noch ungenügend ist. Die Verleger waren allerdings überrascht, ein halbes Jahr später, anläßlich der offiziellen Preisverleihung während der ›Internationalen Buchmesse Frankfurt‹, feststellen zu müssen, wie massiv und verleumderisch gerade in jenen Tagen die Arbeiten von Erich Fried angegriffen wurden.

Diese Auseinandersetzungen um Gedichte von Fried haben jedoch in der Bundesrepublik eine lange Tradition, seit dem 1966 erschienenen Gedichtband »und Vietnam und«, dessen Titel von Martin Walser – lange vor den ersten großen Vietnam-Demonstrationen – als »Zeile unseres Jahrzehnts« bezeichnet, der von der Presse aber fast einhellig als ›unliterarisch‹, im besten Fall als ›platte Agitproplyrik‹ abgelehnt wurde. Es ist mir in bester Erinnerung, wie seinerzeit fast alle großen Zeitungen einem Vorabdruck einzelner Gedichte oder der Rezension des Buches auswichen mit dem Hinweis, das seien nun leider ästhetisch außerordentlich unbefriedigende Elaborate. (Woraus zumindest zu lernen ist, daß in Tageszeitungen ausschließlich ästhetisch erstrangige Gedichte vorabgedruckt und rezensiert werden.)

Erst Peter Rühmkorf hat dann 1967 in einer ausführlichen Rezension die Sache beim Namen genannt:

»Wenn man den Ausfälligkeiten Glauben schenken wollte, den beiläufigen Seitenhieben wie den gezielten Verklagungen, dann beherrschte eine Art von unqualifizierter Gesinnungspoesie das ganze breite Feld. Wer sich hier nur einmal aufs Auszählen einläßt, die Menge der zu Papier geschlagenen und dann auch in die kleinere Öffentlichkeit von Studentenzeitungen und Vortragssälen eingedrungenen Partisanenstrophen abwägt gegen das Flächenbombardement der Vorbehalte, der erfährt sehr prompt: Die Machtverhältnisse sind umgekehrt proportional den angezeigten und allgemein und an der Tagesordnung ist nie und nimmer das Protestpoem, sondern die Hand, die sich dagegen erhebt.
Wo die Welt unserer Kaiserwilhelmgedächtniskirchturmpolitiker endet, beginnt die Wahrnehmungszone der Gedichte von Erich Fried. Dieser Mann gehört nun tatsächlich zu jener vielbeschriebenen, im Grunde sagenhaften und konkret nur in einigen Exemplaren nachweisbaren Gattung dichtender Diversanten, denen der scheinbar abgelegene Krieg in Südostasien ein naheliegender, das heißt ein paradigmatischer auch fürs Schreiben ist.
Hier kann das von den Meinungstrusts zum Analphabeten zweiten Grades herabgewürdigte Landeskind zum zweiten Mal das Lesen lernen. Hier bekommt auch die Frage, was von Gedichten praktisch zu halten sei und was man mit ihnen anfangen könne, einen sehr plausiblen Sinn; weil sich jedes dieser Gedichte auf seine Art als Dechiffriergerät verwenden läßt, geeignet, herrschende Einwickelverfahren nachhaltig zu durchleuchten und mithin ein Stück verstellten Daseins zur Kenntlichkeit zu entwickeln.«

Ganz folgerichtig führten die Gedichte Erich Frieds seit 1966 – bis dahin als Texte eines »deutschsprachigen, in London lebenden jüdischen Schriftstellers« mehr respektiert, denn eigentlich wahrgenommen – immer wieder zu heftigen öffentlichen Auseinandersetzungen, von Angriffen seitens zionistischer Kreise (wegen des Gedichts »Höre, Israel») über die mit gefälschten Zitaten arbeitende Denunziation in konservativen Zeitungen bis zur Eliminierung von Gedichten aus Schullesebüchern durch den bayerischen Kultusminister. Von der Klage des Berliner Polizeipräsidenten (Fried

– der dann freigesprochen wurde – hatte die Erschießung der Studenten Georg von Rauch durch einen Polizisten als »Vorbeuge-Mord« bezeichnet, und der Ausdruck »Mord« unterstellt nach dem juristischen Begriffsimperialismus ein «niederes« Motiv) bis hin zu einer öffentlichen Äußerung des Fraktionsvorsitzenden der Bremer CDU über ein im Schulunterricht verwendetes Gedicht (»Die Anfrage«) des «sogenannten Schriftstellers Erich Fried«: » . . . so etwas würde ich lieber verbrannt sehen, das will ich Ihnen einmal ganz eindeutig sagen!«
Genau dieser plumpen und planen Eindeutigkeit stellen sich die Gedichte Frieds entgegen – und wenn sich solche Eindeutigkeit in Köpfen von Lesern herstellt, so oft nur, weil es sich um Köpfe handelt, denen nicht nur die Inhalte der Gedichte fern liegen, sondern auch der kritische Zweifel an der eigenen Sache.
Werk und Haltung des Autors hat der französische Verleger Christian Bourgois anläßlich der Verleihung des »Internationalen Verlegerpreises« in Paris im ›Theâtre Jean-Louis Barrault‹ gewürdigt; die Bemerkungen seien hier zitiert:
»Seit dem Beginn der sechziger Jahre hat Erich Fried die politische Poesie in Deutschland radikal verändert durch den direkten Bezug zur Realität. Er beendete eine Tradition des deutschen Gedichts als neutrale Darstellung von Seelenlandschaften und erneuerte eine andere durch die Hineinnahme des lyrischen Ichs ins politische Handgemenge. Dies und sein Engagement für die politischen Gefangenen und mit Berufsverbot Belegten brachte ihm die Ablehnung der konservativen Kritik, Prozesse und Denunziationen ein. Bis heute ist Fried einer der umstrittensten deutschen Lyriker.
Unbestritten ist seine Qualität als Autor: Er hat dem Spruchgedicht und dem dokumentarischen Gedicht neue Formen und Wege gewiesen, der Satire und dem Pamphlet, dem Wortspiel und der Montage des entlarvenden Zitats. Dem deutschen Gedicht hat er Schönheit, Knappheit, politische Würde und den kritischen, solidarischen Zweifel zurückgewonnen. Mit der Verleihung unseres Preises möchten wir die Aufmerksamkeit des Publikums auf die ästhetische und politische Arbeit von Erich Fried richten.«

Erich Fried 1921 in Wien geboren, floh 1938 nach der Besetzung Österreichs nach England. Seit 1946 freier Schriftsteller. Übersetzungen aus dem Englischen, Hebräischen und Griechischen (Shakespeare, Dylan Thomas, T.S. Eliot, Sylvia Plath u. a.). Lebt in London.

Deutschland. Gedichte. London (Österr. PEN-Club) 1944
Österreich. Gedichte. London/Zürich (Atrium) 1945
Gedichte. Hamburg (Claassen) 1958
Ein Soldat und ein Mädchen. Roman. Hamburg (Claassen) 1960
Reich der Steine. Zyklische Gedichte. Hamburg (Claasen) 1963
Warngedichte. München (Hanser) 1963/64
Überlegungen. Gedichtzyklus. München (Hanser) 1964
Kinder und Narren. Prosa. München (Hanser) 1965
und Vietnam und. Einundvierzig Gedichte. Berlin (Wagenbach) 1966
Arden muß sterben. Operntext. London (Schott) 1967
Anfechtungen. Fünfzig Gedichte. Berlin (Wagenbach) 1967
Zeitfragen. Gedichte. München (Hanser) 1968
Befreiung von der Flucht. Gedichte und Gegengedichte. Hamburg (Claassen) 1968
Die Beine der größeren Lügen. Gedichte. Berlin (Wagenbach) 1969
Unter Nebenfeinden. Fünfzig Gedichte. Berlin (Wagenbach) 1970
Die Freiheit den Mund aufzumachen. Achtundvierzig Gedichte. Berlin (Wagenbach) 1972
Gegengift. 49 Gedichte und ein Zyklus. Berlin (Wagenbach) 1974
Höre, Israel! Gedichte. Hamburg (Association) 1974
Fast alles Mögliche. Wahre Geschichten und gültige Lügen. Berlin (Wagenbach) 1975
So kam ich unter die Deutschen. Gedichte. Hamburg (Association) 1977
Die bunten Getüme. Siebzig Gedichte. Berlin (Wagenbach) 1977
100 Gedichte ohne Vaterland. Berlin (Wagenbach) 1978
Lysistrata (Freie Bearbeitung). Recklinghausen (Ruhr-Festspiele) 1979
Liebesgedichte. Berlin (Wagenbach) 1979

Quellenhinweis

Die Gedichte wurden folgenden Bänden entnommen und mit den entsprechenden Sigeln gekennzeichnet:

V: und Vietnam und. Einundvierzig Gedichte. Mit einer Chronik. Berlin (Wagenbach) 1966
A: Anfechtungen. Fünfzig Gedichte. Berlin (Wagenbach) 1967
B: Die Beine der größeren Lügen. Einundfünfzig Gedichte. Berlin (Wagenbach) 1969
N: Unter Nebenfeinden. Fünfzig Gedichte. Berlin (Wagenbach) 1970
F: Die Freiheit den Mund aufzumachen. Achtundvierzig Gedichte. Berlin (Wagenbach) 1972
GG: Gegengift. 49 Gedichte und ein Zyklus. Berlin (Wagenbach) 1974
D: So kam ich unter die Deutschen. Gedichte. Hamburg (Association) 1977
G: Die bunten Getüme. Siebzig Gedichte. Berlin (Wagenbach) 1977
MS: nach dem Manuskript, hier zuerst veröffentlicht

In der Ersten Person
Auf Glatteis (MS); Küchentischgespräch (G); Beim Rasieren (MS); Frau Welt (G); Nostalgie (GG); Die Flut (A); Verwandlung (A); Der Rand (MS); Erhaltung der Materie (A); Einer ohne Schwefelhölzer (MS); Ein Sammler (MS); Woraus er gemacht ist (MS); Beengung (G); Navigare necesse est (G); Was ist leben? (MS); Fast alles (GG)

Wer herrscht hier?
Von der inneren Freiheit (B); Meuternde französische Soldaten, 1917 (MS); Gründe (V); Gezieltes Spielzeug (V); Aufzählung (N); Falls es vorübergeht (V); Höre, Israel (A); Aufforderung zum Vergessen (MS); Vielleicht Allende (GG); Presseklub (V); Die Wiederkunft (F); Stalin auf der Reise nach Prag, 1977 (MS); Die Freiheit den Mund aufzumachen (F); In der Hauptstadt (N); Erste Hilfe (MS); Sie (B); Rückblick (G); Große Bereinigung (G); Aber die Lauen (MS); Sachverständige (MS)

P^2
Beschreibung einer Landschaft (A); Einer singt (V); Die mit der Sprache (F); Dichterische Anspielung (MS); Der Prophet (MS); Fragen nach der Poesie nach Auschwitz (MS); Ein Frauenkenner (G); Philomel' mit Melodey (A); Was ist uns Deutschen der Wald? (B); Guter Vorsatz (G); Engagiertes Gedicht (F); Fragen eines engagierten Dichters (GG); Die Wiedergeburt der Dichtung (B); Am Meer (MS); Anpassung (V); Hölderlin an Sinclair (G)

So kam ich unter die Deutschen
Tausendjähriges Reich (D); Zwei schreien (A); Die Fragen und die Antworten (MS); Prüfung von Freunden in Friba-Frabi (G); Zur Kenntlichkeit (D); Schwächer (A); Tiermarkt/Ankauf (N); Die Anfrage (D); Trauerordnung

(MS); Seifenblasen (G); Die Unschuldigen im Lande (D); Verdammungsurteil (G)

Unter Genossen
Winterliches Biwak (GG); Der Versteckte (MS); Lernprozeß (F); Not kennt kein Gebot (F); Anleitung zur Erhaltung der Schlagkraft (B); Konflikte zwischen Alleinerben (N); Angst und Zweifel (GG); Kleinbürgerliche Schwäche (F); Nach der Korrektur (B); Ertrag (A); Nebensache (N); Praktische Arbeit (N); Aufklärungsarbeit (MS); Der Reingewaschene (G); Die Unnahbare (B); Die Investition (B)

Fast heiter
Konstruktive Selbstkritik (GG); Befreiung von den großen Vorbildern (F); Vom Menschen ausgehende Geschichtsauffassung (MS); Klassische Entscheidungsfreiheit (N); Markttag auf Kreta (F); Carla M. (MS); Unbekümmerte Künstlernatur (MS); Päderastie als Waffe (N); Nach einer alten Anekdote (GG); Verstandsaufnahme (G);

Durch die Netze
Fragen (A); Steigerungen (A); Vorahnung des Endsiegs (A); Sonderbares Kind (MS); Die Herumgekommenen (F); allerdings unschlagbar zu beheben (B); Fortritt (G); Neue Subjektivität (MS); Vorabend (G); Sprachlos (F)

WAGENBACHS TASCHENBÜCHEREI

Franz Kafka. In der Strafkolonie. Eine Geschichte aus dem Jahre 1914. Mit Materialien, Chronik und Anmerkungen von Klaus Wagenbach. WAT 1. 96 Seiten. DM 5,-
Faust. Ein deutscher Mann. Die Geburt einer Legende und ihr Fortleben in den Köpfen. Lesebuch von Klaus Völker. WAT 2. 192 Seiten. DM 8,50
1848/49: Bürgerkrieg in Baden. Chronik einer verlorenen Revolution. Zusammengestellt von Wolfgang Dreßen. WAT 3. 160 Seiten. DM 7,50
Länderkunde: Indonesien. Von Einar Schlereth. WAT 4. 128 Seiten. DM 5,50
Schlaraffenland, nimms in die Hand! Kochbuch für Gesellschaften. Von Peter Fischer. WAT 5. 224 Seiten. DM 10,-
Peter Brückner, »... bewahre uns Gott in Deutschland vor irgendeiner Revolution!« WAT 6. 128 Seiten. DM 6,50
Auf dem Langen Marsch. Hrsg. Dietmar Albrecht, Dirk Betke. WAT 7. 160 S. DM 7,-
Die Geschichte des Docktor Frankenstein und seines Mord-Monsters oder die Allgewalt der Liebe. Herausgegeben von Susanne Foerster. WAT 8. 128 Seiten. DM 5,–
Babeuf. Der Krieg zwischen Reich und Arm. Artikel, Reden, Briefe. Kommentiert von Peter Fischer. WAT 9. 128 Seiten. DM 6,-
1886, Haymarket. Die deutschen Anarchisten von Chicago, Lebensläufe, Reden. Herausgegeben von Horst Karasek. WAT 11. 192 Seiten. DM 8,50
Jonas Geist Versuch das **Holstentor zu Lübeck** im Geiste etwas anzuheben. WAT 12. 144 Seiten. DM 6,50
Die Schlacht unter dem Regenbogen. Frankenhausen 1525, ein Lehrstück aus dem Bauernkrieg. Von Ludwig Fischer. WAT 13. 192 Seiten. DM 8,50
Zapata Barbara Beck und Horst Kurnitzky: Bilder aus der mexikanischen Revolution. WAT 14. 160 Seiten. DM 7,50
Weißer Lotus, Rote Bärte. Geheimgesellschaften in China. Zur Vorgeschichte der Revolution. Ein Dossier von Jean Chesneaux. WAT 15. 192 Seiten. DM 8,-
Die Kommune der Wiedertäufer. Münster 1534. Von Horst Karasek. WAT 16. 160 Seiten. DM 7,50
Grand Guignol. Das blutige Theater Frankreichs. Zusammengestellt von Caroline Neubaur und Karin Kersten. WAT 17. 128 Seiten. DM 6,50
131 expressionistische Gedichte. Hrsg. Peter Rühmkorf. WAT 18. 160 Seiten. DM 7,50
Peter O. Chotjewitz/Aldo De Jaco, Die Briganten. Aus dem Leben süditalienischer Rebellen. WAT 19. 192 Seiten. DM 7,50
Die Scheidung von San Domingo. Dokumentation v. H. C. Buch. WAT 20. 192 S. DM 8,-
GRIPS-Theater. Geschichte, Dokumente und Modell eines Kindertheaters. Hrsg. Volker Ludwig u. a. WAT 21. 192 Seiten. ca. DM 8,50
Erich Mühsam: Fanal. Ausgewählte Aufsätze und Gedichte (1905-1932). Hrsg. Kurt Kreiler. WAT 22. 192 Seiten. DM 8,50
Albert Soboul, Kurze Geschichte der Französischen Revolution. Ihre Ereignisse, Ursachen und Folgen. WAT 23. 160 Seiten. DM 7,50
Der Automaten-Mensch. E.T.A. Hoffmanns Erzählung vom »Sandmann«, auseinandergenommen und zusammengesetzt von Lienhard Wawrzyn. WAT 24. 160 Seiten. DM 7,50
Frauenhäuser. Gewalt in der Ehe. Hrsg. Sarah Haffner. WAT 25. 224 Seiten. DM 11,-
Corrado Stajano: Der Staatsfeind. Leben und Tod des Anarchisten Serantini. Aus dem Italienischen von P. O. Chotjewitz. WAT 26. 160 Seiten. DM 7,50
80 Barockgedichte Hrsg. Herbert Heckmann. WAT 27. 128 Seiten. DM 7,50
Peter Brückner: Ulrike Marie Meinhof u. d. dt. Verhältnisse. WAT 29. 192 S. DM 9,50
Bettina von Arnim. Eine weibliche Sozialbiographie aus dem 19. Jahrhundert. Von Gisela Dischner. WAT 30. 192 Seiten. DM 9,50
Die Päpstin Johanna. Ein Lesebuch von Klaus Völker. WAT 31. 128 Seiten. DM 6,50
Charles Fourier, Aus der neuen Liebeswelt. WAT 32. 208 Seiten. DM 9,50
Schinderhannes. ›Kriminalgeschichte voller Abenteuer und Wunder, doch streng der Wahrheit getreu. 1802.‹ Hrsg. Manfred Franke. WAT 34. 128 Seiten. DM 8,50
Baudelaire 1848. Gedichte der Revolution. Herausgegeben und kommentiert von Oskar Sahlberg. WAT 35. 160 Seiten. DM 8,-

Die Salpeterer. ›Freie, keiner Obrigkeit untertane Leute auf dem Hotzenwald.‹ Hrsg. Thomas Lehner. WAT 36. 128 Seiten. DM 7,50
99 romantische Gedichte. Hrsg. Lienhard Wawrzyn. WAT 37. 192 Seiten. DM 9,50
Ödipus. Ein Held der westlichen Welt. Von Horst Kurnitzky. WAT 38. 144 S. DM 8,-
Günter Bruno Fuchs, Die Ankunft des Großen Unordentlichen in einer ordentlichen Zeit. Gedichte, Bilder und Geschichten. WAT 39. 160 Seiten. DM 7,50
Jetzt schlägt's 13. Deutsche Literatur aus dreizehn Jahren. Hrsg. Klaus Wagenbach. WAT 40. 192 Seiten. DM 7,-
Sil Schmid, Freiheit heilt. Demokratische Psychiatrie in Italien. WAT 41. 160 S. DM 7,50
Boris Vian, Der Deserteur. Chansons, Satiren und Erzählungen. Mit einer Biographie. Hrsg. Klaus Völker. WAT 42. 144 Seiten. DM 8,50
Lessings »Nathan«. Der Autor, der Text, seine Umwelt, seine Folgen. Hrsg. Helmut Göbel. WAT 43. 256 Seiten. DM 8,50
Erich Fried, 100 Gedichte ohne Vaterland. Nachwort: Klaus Wagenbach. Eine Sammlung alter und neuer Gedichte. WAT 44. 128 Seiten. DM 7,50
Asperg. Ein deutsches Gefängnis. Von Horst Brandstätter. WAT 45. 160 Seiten. DM 9,-
Günter Bose/Erich Brinkmann, Circus. Geschichte und Ästhetik einer niederen Kunst. WAT 46. 204 Seiten. DM 9,50
Heinrich Heine, Ein Land im Winter. Gedichte und Prosa. Mit Bemerkungen von Dieter Heilbronn. WAT 47. 192 Seiten. DM 9,50
Panama. Geschichte eines Landes und eines Kanals, von der Entdeckung bis zum Vertrag von 1977/78. Von Alex Schubert. WAT 48. 128 Seiten. DM 7,50
Der Aufstand der Ciompi. Über den »Tumult«, den die Wollarbeiter im Florenz der Frührenaissance anzettelten. Von Ernst Piper. WAT 49. 128 Seiten. DM 8,-
Horst Karasek, Belagerungszustand! Reformisten und Radikale unter dem Sozialistengesetz von 1878-1890. WAT 50. 160 Seiten. DM 8,50
Tommaso Di Ciaula, Der Fabrikaffe und die Bäume. Wut, Erinnerungen und Träume eines apulischen Bauern, der unter die Arbeiter fiel. WAT 51. 160 Seiten. DM 9,50
Wilfried Gottschalch, Vatermutterkind. Deutsches Familienleben zwischen Kulturromantik und sozialer Revolution. WAT 52. 160 Seiten. DM 8,50
Puerto Rico. Inselparadies der Wallstreet oder unabhängiger Staat? Geschichte, Kultur, Gegenwart. Von Karin Röhrbein und Reinhard Schultz. WAT 53. 128 Seiten. DM 7,50
Christian Friedrich Daniel Schubart, Dichter und Staatsfeind. Leben und Umtriebe eines schwäbischen Rebellen. Hrsg. Wilfried F. Schoeller. WAT 54. 160 Seiten. DM 9,50
Hans Christoph Buch, Tatanka Jotanka oder Was geschah wirklich in Wounded Knee? Die letzte Schlacht der Indianer gegen die Weißen. WAT 55. 160 Seiten. DM 9,-
Friedrich Schiller, Der Verbrecher aus verlorener Ehre. Eine wahre Geschichte. Mit Überlegungen von Horst Brandstätter. WAT 56. 128 Seiten. DM 7,50
Georg Forster, Weltumsegler und Revolutionär. Ansichten von der Welt und vom Glück der Menschheit. Von Ulrich Enzensberger. WAT 57. 192 Seiten. DM 9,50
Horst Karasek, Der Fedtmilch-Aufstand oder: Wie die Frankfurter 1612/14 ihrem Rat einheizten. WAT 58. 160 Seiten. DM 9,-
Freyheit oder Mordt und Todt. Revolutionsaufrufe deutscher Jakobiner. Herausgegeben von Walter Grab. WAT 59. 192 Seiten. DM 8,50
Ernst Piper, Savonarola. Umtriebe eines Politikers und Puritaners im Florenz der Medici. WAT 60. 160 Seiten. DM 9,50
Gisela Dischner, Caroline und der Jenaer Kreis. Ein Leben zwischen bürgerlicher Vereinzelung und romantischer Geselligkeit. WAT 61. 192 Seiten. DM 9,50
Ulrike Marie Meinhof, Die Würde des Menschen ist antastbar. Aufsätze und Polemiken. WAT 62. 160 Seiten. DM 9,-
Till Eulenspiegel. Phantasien über einen Schalk. Durch 700 Jahre aufgesucht von Klaus Briegleb. WAT 63. 192 Seiten. DM 9,50
Atlas zusammengestellt von deutschen Autoren. WAT 64. 272 Seiten. DM 11,-
Ralf-Peter Märtin, Dracula. Das Leben des Fürsten Vlad Tepes. WAT 65. 192 Seiten. DM 9,50
Peter Brückner, Das Abseits als sicherer Ort. Kindheit und Jugend zwischen 1933 und 1945. WAT 66. 160 Seiten. DM 8,50